문학툰

제인 에어

샬럿 브론테 지음 | 김성은 옮김

HB 한빛비즈
Hanbit Biz, Inc.

차 례

19세기 초,
영국 게이츠헤드 홀

그날은 산책하는 것이
불가능했다.

으...
너무 추워!

에취...
에취...

하하
하하

리드 부인께서
제인 양이 착하게
행동할 때까지
혼자 조용히
앉아 있으라고
하셨어요.

나는 어떠한 답도
들을 수 없었다.

엄마~   하하!
       하하!

리드 부인

내가 도대체
뭘 어쨌다고

감히 나한테
그런 말을 해?
엄마한테 다 이를 거야!

그렇지만
먼저…

이 사악하고 잔인한 놈아!
넌 살인자에다 노예 감시자.

정신 나간 로마 황제나
마찬가지야!

쟤들
싸우려고 해.

엄마를
불러야겠어.

저 아이를 당장
붉은 방에 데려가서
가둬!

존 도련님께
그렇게
달려들다뇨!

이 쥐새끼야!

쥐새끼!

누가 이렇게
심하게 화내는 모습을
다들 본 적 있니?

12

이거 놔!

부끄러운 줄 알아야죠! 도련님을 때리다니!

정말 깜짝 놀랐어요!

제인 양은 하인만도 못한 거죠. 밥값도 못 하잖아요!

도련님? 어떻게 걔가 내 도련님이야? 내가 하인이야?

자꾸 움직이면 묶어버리는 수밖에 없어요.

그러지 말아!

가만히 있을게!

애 제인 양 양말 반 줘

여기 있어, 베시.

여기서 나가게 해줘! 유령이 있어!

제인 양!

이 끔찍한 비명은 뭐지!

날 여기에 두면 죽을지도 몰라!

말썽꾸러기 아가씨가 또 잔머리를 굴리는 거로군요.

분명 제인을 붉은 방에 가두라고 말했던 것 같은데.

마님, 제인 양이 너무 시끄럽게 소리를 질러서요.

무슨 일이지?

두 분이 결혼하고 1년
아빠는 어떤 집에
방문했다가
발진티푸스에 걸렸—
그 병으로 돌아가셨

정말 유감이구나.
그래도 친절한
외숙모와 사촌들이
너와 함께 살잖니.

엄마 역시 아빠에게 병이
옮았고, 그래서 한 달 사이에
두 분 모두 돌아가셨다.

존 리드는
저를 때리고,
외숙모는 붉은 방(
저를 가두는데요

여긴 제 집이
아니에요!

음, 혹시 이곳을
떠나고 싶니?

떠난다고요?

좋아요!

학교에 가는 건 어떠니?

...교에 정말 ...고 싶어요!

늘 그랬듯 크리스마스와 새해엔 게이츠헤드에 흥겨움이 가득했다. 선물이 오가고, 만찬과 파티가 이어졌다.

존을 때린 것에 대한 벌로, 나는 온갖 재미있는 일에서 빠져야 했다.

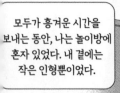

모두가 흥겨운 시간을 보내는 동안, 나는 놀이방에 혼자 있었다. 내 곁에는 작은 인형뿐이었다.

11월, 그리고
12월이 지났다.
1월도 벌써 반이나
지나가고 있었다…

사실 나는 그 사람들과 함께
있고 싶지 않았다.
그저 최대한 빨리 학교로
떠나고 싶었다.

나는 평생
게이츠헤드에서 살까 봐
두려워지기 시작했다.

도대체
누가 나를
찾는다는
거지?

어서 들어가요
제인 양을
기다리는 사람
있어요.

못된 아이를
돌보는 것만큼
힘든 일도 없지.

그럼 지옥이
뭔데?

나쁜 사람들이
죽어서 어디로
가는지 아니?

지옥으로
가겠죠.

뜨거운
불구덩이요.

그걸 피하려면
어떻게
해야 할까?

그럼 그 불구덩이에
떨어져서
영원히 불타고 싶니?

아뇨.

나는 거짓말쟁이가 아니야! 왜 저렇게 말하는 거지?

남을 속이는 버릇은 정말 딱한 결점이죠.

템플 선생과 다른 선생들에게 주의 깊게 살피라고 해야겠군요.

외숙모는 정말 잔인해! 이제 로우드에서의 미래도 다 망가졌어. 사람들이 다 외숙모 말만 믿고 내가 나쁜 애라고 생각할 테니까.

로우드는 가능하죠.

그럼 저 애를 최대한 빨리 보내고 싶어요.

귀찮은 책임에서 벗어난다니 얼마나 감사한지 몰라요.

저 아이의 장래를 고려해서 쓸모 있고 겸손하게 자랐으면 좋겠어요.

걱정하지 마세요, 부인. 그럼 이만.

27

나흘 후,
게이츠헤드를 지나는
마차를 타고 떠나기 위해
새벽 5시에 일어났다.

베시만 유일하게 깨어 있었다.
무얼 먹기에는 너무 긴장한
상태라서, 베시가 비스킷을
챙겨주었다.

리드 부인께
인사를 할 거

싫어!!

어제 저녁
베시가 식사하러
내려갔을 때
외숙모가 잠시
들렀어.

아침에
깨우지 말라고
했어. 그리고 자기가
언제나 내 가장 친한
친구였다는 것에
감사하던 걸?

난 이불을 뒤집어쓰
벽 쪽으로 몸을 돌렸
친구라니?
원수면 모를까.

쿵

제인 양, 그렇게
말하면 안 돼요.

31

네, 네!

제인 양을 잘 데려다주세요.

건강히 지내요!

쾅!

아

로우드 학교라니 너무 멋져!
친구도 많이 사귀고
선생님들한테도 사랑받아야지…

또각또각

또각또각

또각또각

그때 내 희망은 얼마나
순진했던지!

로우드는 부모를 잃은 여자아이들을 위한 자선 학교였다. 그곳에는 9살부터 20살 사이 80명 정도의 학생이 있었다. 학생의 친척들은 1년에 15파운드를 냈고, 나머지 금액은 부유한 신사와 숙녀들로부터 기부를 받아 운영되었다.

브로클허스트 씨는 학교의 회계 담당자이자 관리자였고, 최종 결정권자였다. 그는 우리에게 음식과 옷을 주었다. 물론 직접 볼 일은 거의 없었지만 말이다.

CHAPTER 2

모든 학생은 똑같이 갈색 원피스를 입었는데, 추운 겨울을 견디기엔 너무 얇았다.

음식은 충분하지 않았고, 가끔은 탄 음식이 나왔다. 나이 많은 학생들은 기회가 있을 때마다 어린 학생들의 몫을 빼앗았다.

우리 발은 대부분 추위 때문에 동상에 걸린 상태였다. 방 한가운데 있는 세면대 하나를 6명이 함께 써야만 했다.

전부 얼었어...

나도 작지만 소중한 빵 조각을 자주 뺏기곤 했다.

커피까지 반이나 빼앗기고 나면 남몰래 눈물과 함께 남은 커피를 들이켰다.

냠냠

냠냠

템플 선생님

로우드에서 유일한 위안은 학교 관리자인 템플 선생님이었다.

교에서의 둘째 날, 아침으로 나온 죽이 다 타서 먹기 힘들었다. 우리는 원래 저녁까지 아무것도 먹을 수 없었는데 템플 선생님이 주방에 요청해서 점심으로 빵과 치즈가 나왔다.

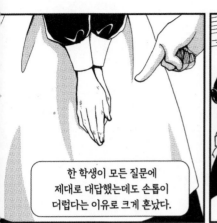

다른 선생님들은 훨씬 엄격했다.
특히 스캐처드 선생님은
벌을 자주 주지만
절대 칭찬해주는 법이 없었다.

한 학생이 모든 질문에
제대로 대답했는데도 손톱이
더럽다는 이유로 크게 혼났다.

저런…

찰싹!

그 애는 조용히
눈물을 감추고 있었다.

그 애가 물이 얼어서
씻을 수 없었다고
말해주기를 바랐는데
아무 말도 하지 않았다.

심지어 스캐처드
선생님이 회초리로 목을
내려치는데도 말이다.

나는 무력한 분노로
몸이 떨렸고, 그 아이의
참을성에 호기심이 생겼다.

후위! 오늘은 정말 추운데…

저 애가 독서를 끝내면 가서 말을 걸어볼까…

헬렌.

헬렌 번스야.

그 책 재미있니?

응.

넌 이름이 뭐야?

나는 교육을 받으러 로우드에 왔어. 그 목표를 이루기 전까지 떠나선 안 돼.

너도 로우드를 떠나고 싶지?

아니.

잔인했다고? 전혀!

그런데 스캐처드 선생님 있잖아.

선생님이 엄격하긴 하지만 내 잘못 때문인걸.

너한테 너무 잔인했어!

아마 너도 절대 그러지 못할걸.

라셀라스

그랬다가는 바로 쫓겨날 테니까. 네 친척이 슬퍼할 거야.

내가 너였다면 나는 그 선생님을 싫어할 거야. 확 대들어야지.

만약 내가 회초리를 맞았다면 그걸 빼앗아 선생님 코앞에서 부러뜨려버렸을 거라고!

뭐? 그럼 난 외숙모를 사랑해야겠네?

절대 그렇게는 못 해!

그리스도의 말씀 따라봐.

네 외숙모가 너한테 심하게 대한 걸 잊는다면 더 행복해지지 않을까?

…

'원수를 사랑하고, 저주를 퍼붓는 사람을 축복하라.

너를 미워하고 이용하는 자들에게 선을 행하라.'

제발 나를 지나쳤으면 좋겠다!

로우드에서 나는 못된 아이로 낙인찍힐 거야…

브로클허스트 씨가 리드 부인과 한 약속을 지킨다면,

왜 저 아이는 곱슬머리인 거요?!

저런 허영심이 바로 학교의 교훈과 원칙을 모두 무시하게 만드는 겁니다!

템플 선생님, 학생들의 사악한 몸은 배불리 먹였을지 모르지만, 불멸하는 영혼은 굶주리게 한 거나 다를 바 없어요!

…

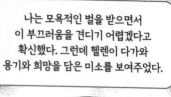

나는 모욕적인 벌을 받으면서
이 부끄러움을 견디기 어렵겠다고
확신했다. 그런데 헬렌이 다가와
용기와 희망을 담은 미소를 보여주었다.

30분이 흘렀고, 학생들은
흩어진 상태라 나는 혼자였다.
나를 지탱해준 마법 주문이
풀렸다. 나는 그곳에
홀로 버려진 채 울었다.

흘쩍!

흘쩍!

로우드에서
잘해보려고 했는
친구도 사귀고, 존
사랑도 받고 싶었

훌쩍!

훌쩍!

모조리 짓밟혔다.
내가 다시
일어날 수 있을까?

자, 좀 먹어봐.

어?

나 같은
거짓말쟁이를 왜
찾아온 거야?

이 세상과 인간들 말고도,
보이지 않는
천사들의 세계가 있어.

쉿, 제인!
너한텐 인간의 사랑
그렇게 중요하니?

영혼이 육신에서 벗어나면
신은 그 보상으로 우리에게
왕관을 씌워주실 거야.

그럼 우리는 왜 이렇게
고통받아야 하는 거야?

널 찾아왔단다,
제인 에어.

헬렌 번스,
너도
함께 올래?

템플 선생님?

충분히 울었니?

콜록

콜록

콜록.

왜?

절대
그럴 수 없을걸요.

앞으로 착하게 행동하면 선생님들도 좋아하실 거야.

그런가요, 템플 선생님?

왜냐하면 제가 억울하게 비난받았으니까 모두가 절 나쁜 아이로 생각하겠죠!

죄를 지은 사람도, 자기를 변호할 수 있어.

네가 부당한 비난을 받았다면 너도 스스로 변호해볼래?

그럼.

그래서 나는 선생님께 슬픈 어린 시절에 대해 모두 말했다.

우느라 지쳐 있어서 평소보다 더 차분하게 이야기했다. 감정이 억눌린 상태라 내 말은 신빙성 있게 들렸다.

로이드 선생님에 대해 좀 알고 있단다.

내가 그분께 편지를 써볼게. 네가 말한 것과 답장 내용이 일치하면,

공개적으로 누명을 벗을 수 있게 해주마.

그렇지만 내게 너는 이미 결백하단다.

휴...

?

템플 선생님은 따뜻한 난롯불 곁에서
차와 씨앗 케이크를 대접해주셨다. 선생님과
헬렌은 내가 들어보지 못한 많은 이야기를
나눴다. 여러 민족과 역사, 먼 나라와
자연의 비밀 같은 것에 관해서였다.

너희는 오늘 밤
내 손님이니까,
잘 대접해야겠지?

콜록

콜록

콜록

...

콜록

콜록

대체 두 사람은 얼마나
많은 책을 읽었는지!
나도 열심히 공부해서
따뜻한 대화에 끼고 싶었다.

헬렌,
오늘 밤은 어때? 오
기침을 더 많이 했

아니요,
괜찮아요,
선생님.

1주일 후, 내 말이 진실이라고
증명해주는 로이드 씨의
편지가 도착했다.

템플 선생님은 학교에
나의 결백을 알렸고,
학생들은 따뜻하게
받아주었다.

무거운 짐에서 해방되자, 나는 어떤
어려움이라도 개척해나가자고 결심했다.
열심히 노력해서 상급 과정으로 올라갔고,
프랑스어와 미술 공부를 시작했다.

이제 나는 가난하고 궁핍한
로우드의 생활을, 언제나 부유했던
게이츠헤드의 일상과
절대 맞바꾸지 않기로 했다.

봄은 로우드에
따뜻한 날씨와 함께
티푸스라는 병을 가져왔다.
학교는 금세 병원이 되었다.

식사가 늘 부족한 상황에 더해
제때 치료를 받지 않아서인지 학생들은
병에 취약했다. 80명 가운데 45명이
한꺼번에 앓아누웠다.

헬렌을 보고 싶었지만, 그 애를
만나는 것은 허용되지 않았다.
그래도 나는 항상 헬렌을 떠올렸다.

헬렌도 그중 하나였지만
티푸스가 아닌
결핵 때문이었다.

그날 밤, 나는 헬렌을
보기 위해 몰래
위층으로 향했다.

6월 초, 의사 선생님은
헬렌이 여기 오래 있지
못할 거라고 하셨다.

간호사 선생님께
헬렌을 만나게 해달라고
빌었지만, 전염될 우려가 있어
안 된다고 하셨다.

콜록~ 콜록~

헬렌, 자니?

왜 여기에 왔어?
11시가 넘었는데!

설마,
제인이니?

7년 후

티푸스는 로우드를 황폐화한 두
서서히 사라졌다. 그러나
희생자의 숫자가 사람들의
이목을 끌었다. 조사를 통해
학교의 비참한 상황이 알려졌다

부유한 사람들이 학교를 돕기 위해 기부했다.
이 기금을 통해 새로운 건물이 지어졌고,
학생들에게 제공되는 식사와 의복 상태도
나아졌다. 그리고 학교 일을 감독하기 위한
관리 위원회도 새로 꾸려졌다.

이런 변화는 브로클허스트 씨에게
굴욕적이었다. 그의 재산과 가족 관계 때문에
회계 감독직은 계속 유지할 수 있었지만,
단순히 인정 많은 신사가 학교 일에
동참하는 형태로 바뀌어버렸다.

학교는 유용하고 기품 있는
시설로 발전하기 시작했다.

CHAPTER 3

나는 8년 동안 한결같이 생활했다.
그중 6년은 학생으로,
2년은 교사로 지냈다.

내 일상은 매일 똑같았지만
그리 불행하지는 않았다.
템플 선생님은 관리자로
계속 남아 있었다. 선생님과의
우정만이 안정적인 위안이
되어주었다. 선생님은 내게
엄마이자, 교사이자, 동료였다.

어느 날 선생님이 결혼 후 남편을 따라
먼 곳으로 떠나게 되었다.
선생님이 떠나자, 더는 전과 같지 않았다.

수년간 로우드는 나의 세계였지만
실제 세상은 넓고 다채롭다는 것을
알고 있었다. 나는 신문에
가정교사 자리를 구한다는 광고를 냈고,
손필드에 있는 페어팩스 부인에게
답장을 받았다.

잘 가요,
에어 양.

잘 지내요.

로우드를 떠나려고 준비하는 동안,
베시가 아들과 함께 나를 찾아왔다.
베시는 차를 마시며 리드 가족의 소식을
들려주었다.

조지아나는 작년 겨울에
귀족 남성과 도망치기로 했는데,
일라이자가 그 비밀을 폭로했다.
두 자매는 같이 살고 있고,
고양이와 개처럼 늘 싸운다.

존 리드는 대학에 들어갔지만
금방 그만두고 아주 방탕한
사내가 되었다. 리드 부인은
늘 아들 걱정을 하며
지낸다고 한다.

베시는 내가 이룬 성과에 놀라워하며
숙녀가 되었다고 칭찬해주었다.

그녀는 내게 한 친척의 연락을
받은 적이 있냐고 물었다.
7년 전, 에어 가문의 한 남자가
나를 찾으러 게이츠헤드에
온 적이 있다는 것이었다.

손필드로 떠날 준비에
너무 몰두한 나머지, 나는 그 이야기를
곧 잊어버리고 말았다.

아, 괜찮습니다. 제가 할 수 있어요.

망토 벗는 걸 도와드릴게요.

페어팩스 부인이시죠?

차가운 부인일 줄 알았는데, 나를 손님처럼 대해주시네.

네, 제가 손필드의 가정부예요. 이곳 주인인 로체스터 씨는 잠시 자리를 비우셨어요.

선생님이 오셔서 참 기뻐요. 이제 친구가 생겼다는 느낌이 드네요.

물론 레아는 착한 아이이고 존과 그의 부인도 품위가 있답니다.

래도 그 사람들은 인일 뿐이라서 등하게 대화하기 려웠거든요.

댕
댕

온종일 이동하느라
피곤하셨을 텐데
이제 가서 쉬세요.

작은 방이지만
앞쪽의 큰 방보다
나을 것 같아서요.
큰 방은 따분하고 외롭거든요.

네,
감사합니다.

납골당 같은 차가운 공기가
커다란 홀에 스며들어
고독하고 생기 없는 느낌을 주었다.
조금이라도 더 편안한 방으로
안내하려는 페어팩스 부인의
상냥함이 고마웠다.

그새 발이
다 녹았죠? 침실로
안내해드릴게요.

벌써 나오셨군요!
일찍 일어나셨네요.

정말 마음에
들어요.

그래, 손필드는
어떤가요?

페어팩스
부인, 좋은
아침이에요.

참 아름다운 곳이죠.
하지만 로체스터 씨가
이곳에 살거나, 최소한
더 자주 방문해야 여기가
엉망이 되지 않을 텐데요.

좋은 집은 주인의
손길이 필요하거든요.

이리 오세요.
함께
돌아보시죠.

오, 좋아요!

로체스터 씨가
□하시는 경우는 드물지만,
□상 갑자기 오시거든요.
□착하자마자 야단법석
떠는 것을 싫어하셔서
언제나 잘
준비해둔답니다.

그분은 꼼꼼하고
까다로운
편인가요?

집을 정말
잘 정돈해두셨네요!
먼지도, 천 덮개도
없네요.

공기가 좀 쌀쌀하게
느껴지는 것만 빼면
사람들이 매일
살던 곳 같아요.

오, 그럼요.

집안 대대로 늘 존경을 받아왔죠.

여기서 보이는 이 주변의 거의 모든 땅이 로체스터 가문 소유랍니다.

특별히 그렇진 않은데, 신사의 취향을 지닌 건 맞지요. 본인이 원하는 대로 잘 관리되기를 바란답니다.

그분을 좋아하세요?

사람들이 보통 그분을 좋아하나요?

제 생각엔 나무랄 데가 없어요.

약간 특이한 점도 있긴 하지만요, 세계 여행을 자주 다녀서 많은 것을 보셨죠. 그래서 대화할 기회는 많지 않았어요.

그분 성격은 어떤데요?

모르겠네요. 설명하기 힘드네요. 농담을 하시는 건지, 진심인 건지, 혹은 좋다는 건지, 그 반대인지 확신하기 어려울 때가 있어요.

어떤 점이 특이한데요?

이해하기 힘들지만 좋은 주인님이랍니다.

하인들은 이 방에서 자나요?

아뇨, 뒤편에 더 작은 방을 써요. 이쪽은 아무도 쓰지 않죠.

혹시 유령은 없죠?

그런 말은 들어본 적도 없는걸요.

호호호

아마도 그레이스 풀일걸요.

여기 어딘가에서 바느질을 하거든요.

가끔 레아도 함께 있고요. 둘은 항상 시끄럽다니까요.

정말 이상한 웃음소리였어. 뚜렷하고, 형식적이고, 우울한 웃음…

페어팩스 부인! 방금 웃음소리 들으셨어요? 누군가요?

하인 중 한 명일 거예요.

그레이스!!

• 말풍선이 두 줄로 되어 있는 경우, 프랑스어로 말하고 있다는 뜻입니다.

로체스터 씨는 항상 친절해요. 제가 아주 어릴 때부터 만났는데 항상 선물을 사 주세요.

엄마가 돌아가신 후에, 아저씨가 저한테 영국에서 같이 살겠냐고 물었어요. 그런데 같이 살자던 약속을 지키시지 않네요. 자주 뵙지 못했거든요.

엄마는 항상 춤과 노래를 가르쳐주셨어요. 여러 신사가 엄마를 보러 왔거든요. 그럼 저는 거기에서 춤을 추거나 노래를 불렀어요.

...래의 주제가 ...가 부르기에는 ...좀 이상했다. ...에게 버림받은 ...자가 복수하는 ...이었다. 형편없는 ...라고 생각했다.

멋지구나. 나한테 한 곡 불러줄 수 있니?

노래를 정말 잘하는구나. 그런데 이제 수업할 시간이야.

오… 선생님에게 춤도 보여드리고 싶은데요.

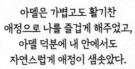

아델은 가볍고도 활기찬 애정으로 나를 즐겁게 해주었고, 아델 덕분에 내 안에서도 자연스럽게 애정이 샘솟았다.

아델은 버릇없고 제멋대로이고 가끔은 다스리기 어려운 활기찬 아이였지만…

내 보살핌에 따라 점차 순종적이고 뭐든 잘 습득하는 아이가 되어갔다.

페어팩스 부인과 즐겁게 지냈다. 그녀의 친절이 고마웠다.

그러나 혼자 있을 때는 가끔 그레이스 풀의 이상하고 불편한 웃음소리가 들렸다. 여러 번 대화하려고 해봤지만, 말수가 적은 사람인 것 같았다.

손필드에서의 첫 3개월이 물 흐르듯
지나갔다. 가만히 있지 못하는 성격 탓에
이 평화로운 상황이 만족스럽지만은 않았다.

여자들은 일반적으로 차분해야 한다고 하지만,
여자도 남자와 똑같다. 남자와 마찬가지로
여자도 엄격하게 구속하면 고통에 시달린다.

평온한 삶에 만족해야 한다고 말하는 것은
소용없다. 사람은 행동해야 하고,
할 일이 없다면 만들어내야 한다.

1월의 어느 날, 아델이 너무 아파서
수업을 할 수 없었다.
나는 자발적으로 페어팩스 부인의
편지를 3킬로미터 정도 떨어진 헤이의
우체국에 부치고 오겠다고 했다.

여기에서는
손필드가 정말
멀어 보이네!

탁
탁

탁
탁

저게 뭐지?

이게 무슨 소리지?
말인가? 지나갈 때까지
잠깐 기다려야겠다.

탁
·0·
탁

설마
그게 이건가?

베시가 들려준
이야기가 떠올라.
외롭게 떠돌아다닌다
검은 개, 가이트래시·

타탁
타탁

정말
크다…

사람을 부를 필요는 없소. 그런데 나를 좀 도와줘야 할 것 같은데.

좋아요.

아! 가정교사! 깜빡했군!

키가 정말 크네!

고삐를 잡고 이리 끌고 와봐요.

무섭진 않겠소?

콩!

하하...

힝!!

누구요?

꼬마 요정님,
이제 오셨군!
꼭 저세상에서
온 것 같소만.

숲에서 당신 종족을
기다리고 있었소?

숲의 정령들
말이오.
정령이 좋아하는
달빛이 비치는
저녁이었잖소.

내가
당신 요정들을
방해해서 길에
얼음을 깔아놓은
건가?

숲의 정령들은
백 년 전에 모두 영국을
떠났는걸요. 정령의 흔적은
어디에도 없어요.

손필드에 주인이 돌아오니
활기가 넘친다.
나도 지금이 훨씬 좋다.

이쪽입니다.

에어 양,
이쪽으로
앉으시오.

CHAPTER 4

별로 말하고 싶지
않아 보이는데…

차라리 이게 나아.
정중한 태도에는 어떻게
반응해야 할지 모르겠어.

도착하면 알려주지.
자, 이제 저리로 가서
파일럿과 노는 게 어때?

선생님에게 줄
선물도 있죠?

제 선물은
언제 도착해요?

저는 여기에 온 지 얼마 안 된 데다 선물을 받을 만큼 대단한 일을 하지도 않았는걸요.

에어 양, 혹시 선물을 기대한 거요?

지나치게 겸손할 필요 없소!

아델을 지켜보니 당신이 열심히 돌봐준 것 같던데. 짧은 기간에 그 애가 많이 성장했소.

내 집에서 석 달을 살았다고 했소? 그럼 그전에는 어디에 있었소?

로우드 학교요.

방금 제게 선물을 주셨네요. 선생님들이 가장 바라는 것이 학생이 나아졌다는 칭찬이거든요.

애 자선 학교로군. 거기에 얼마나 있었소?

그럼 지금 살아있겠군요. 부모님은?

10살에 들어가서 8년간 지냈죠.

아무도 없어요.

판단은 내가 직접 할 것이오.

아무도 없어요.

음, 부모님이 없다면 친척은 있지 않소?

누가 당신을 여기에 추천했소?

에어 양이 제 소중한 동료가 되어주어서 얼마나 감사한지 몰라요.

제가 광고를 냈고 페어팩스 부인이 그걸 보고 답장을 보내주셨어요.

에어 양은 만나자마자 내 말을 넘어뜨렸지.

게다가 아델에게 친절하고 사려 깊은 선생님이기도 하고요.

벌써 9시인데 뭐 하는 거죠, 에어 선생?

응?

아직도 아델을 재우지 않다니? 어서 침대로 데려가시오.

그래, 그래… 어서 침대로 가렴.

타고난 것도 있고, 또 고통스러운 생각이 늘 주인님을 괴롭히고 있거든요. 가족 문제가 그중 하나죠.

페어팩스 부인, 제 생각에 로체스터 씨는…

조금 변덕스럽고 퉁명하신 분 같아요.

아마도요. 그렇지만 좀 이해해줘야 해요.

지금은 없죠. 근데 원래는 있었답니다. 주인님 부친이 영지를 분배하길 원치 않았대요. 로체스터 씨는 둘째 아들이었죠.

로체스터 씨는 가족이 없잖아요.

재산을 만들어주기 위해서 부친과 형님이 주인님을 고통스러운 상황으로 몰아넣었대요. 그래서 견디기 힘들어했고요.

결국 주인님은 가족들을 용서하지 않기로 했답니다. 관계는 모두 망가지고 떠돌이 생활을 시작했죠.

형님이 돌아가시고 후, 손필드에 2주 이상 문 적이 없을 거예요. 도 주인님은 이 집이… 울하다고 생각하시는 것 같아요.

며칠이 흐르고, 복도나 계단에서 우연히 만나지 않는 한 로체스터 씨를 볼 기회는 없었다. 가끔 그는 나를 보고 신사처럼 인사하거나 웃음을 지어 보였다.

그러나 다른 때엔 거만하고 차가웠다. 그 변덕이 나를 불쾌하게 한 건 아니다. 그런 감정 변화가 나로 인한 게 아니기 때문이다.

아니요.

제가 너무 솔직했죠? 죄송해요.

앗, 이런!

취향은 다르다든가, 외모는 로 중요하지 않다고 말해야 했는데.

당신은 정말 별난 데가 있군…

그런 예의 차리는 말은 듣고 싶지 않소.

제 답변은 건 걸로 해주세요. 실수였어요.

좀 전에 준 모욕을 무마하는 척하면서 내 귀밑에 몰래 칼을 꽂는군!

뭔가 이야기를 하면 내 생각도 좀 다른 방향으로 흘러갈 거 같은데.

야! 내가 또 너무 터무니없이

무례하게 부탁했군. 사과하겠소.

당신을 아랫사람처럼 대하고 싶진 않소.

...가 로체스터 씨를 ...쁘게 할 수 있다면 ...좋겠지만, 무엇에 ...미가 있으신지 잘 ...라서요. 그럼 대신 ...질문을 해주세요.

내가 스무 해를 더 살면서 경험한 만큼만 당신보다 우월하다고 할 수 있겠군.

그럼 내가 명령조로 말해도 상처받지 않고 그대로 따르는 데 동의하시오?

...식을 차리지 않는 것과 무례한 것은 다르지요.

급여...? 그렇군. 내가 급여를 잊고 있었네.

그럼 관습적인 예의를 차리지 않아도 나를 무례하다고 생각하지 않을 거요?

급여를 받는 부하 직원들에게 그런 질문을 하는 주인은 거의 없다고 보는데요.

말도 안 돼!
자유인은
돈을 위해서라면
무엇이든
받아들이지.

격식을 차리지
않는 건 좋지만…

당신은 굉장히 솔직하고
진실한 것 같군. 흔치 않은
사람이야.

당신처럼 대답하는 사람은
3천 명 중 한 명도 없을 거요.

급여를 받든
안 받든 자유인은
누구나 무례한
대우를 원하지
않아요.

그건 당신도
마찬가지죠.

당신에게
좋은 점이 있긴
하지만, 참을 수 없는
결함이 있을 수도
있소.

나도
잘 알지.

난 결함이 많소.

9시 종이 울렸어요.
아델을 재우러 가야 해요.

아델은 아직
잘 준비가 안 된
것 같은데.

그 애 핏속엔
교태가 흐르지.
아직 새 드레스를
자랑하지 못했거든.

저 예쁘죠?

나는 21살에
잘못된 길로 들어섰소.

그리고 그 이후로
다시는 제대로 된 길로
돌아오지 못했지.

로체스터 씨는 한참 후에
아델에 관한 이야기를 들려주었다.

한때 나는 셀린에게
굉장한 '열정'을 품었소. 그리고
셀린도 나와 같은 마음일 거라고
스스로를 설득했소.

아델은 셀린 바랭이라는
프랑스인 오페라 댄서의
딸이었지.

셀린을 위해 화려한 호텔을
구했고, 하인과 다이아몬드
같은 걸 주었지.

결국 나는 나를 망치는 길로
들어선 거요.

나는 좋아한다고 말했소. 감히 해보겠다고.

잠시 조용히 있으면서 내 운명과 담판을 지었소. 운명의 여신이 나보고 손필드가 좋은지 물었지.

그리고 말했소. "좋아할 수 있으면 해봐! 감히 그럴 수 있다면!"

내가 한 약속은 지킬 것이오, 행복이나 선을 가로막는 장애물은 이겨내야지. 나는 더 나은 사람이 되고 싶소.

나는 그곳에 있으면서 그들의 대화를 엿들었소.

이 모든 것을 당신 같은 젊은 아가씨에게 털어놓는 게 참 이상하군. 당신이 내 말을 다 들어주는 것도 이상하고.

에어 양은 참 뛰어난 사람이야. 늘 나를 새롭게 만들어주지.

내 이름이 들렸어. 그들은 나를 아주 야비하게 모욕하더군.

셀린은 나를 '기형'이라고 부르며 조롱했지.. 평소에는 그런 내 모습을 칭찬했는데 말이오!

셸린은 아델이 로체스터 씨의
아이라고 주장했다.
로체스터 씨 입장에서는
그 말이 사실이라고
믿어지지 않았다.

그런데 몇 년 후 파리에서
아델이 엄마에게 버림받자
로체스터 씨는 그 아이를 거두었다.
아델을 잘 키워서 자기 잘못을
속죄하고 싶었기 때문이다.

당신과는
정말 달라.

우리가
두 번째 만났을 때,
당신은 내가
잘생기지 않았다고
말했잖소.

......

로체스터 씨가 손필드를
금방 떠나려나?
그러면 끔찍할 텐데.
날씨가 화창해도 하나도
즐겁지 않겠지…

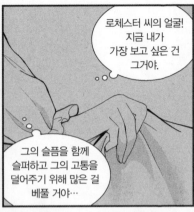

로체스터 씨의 얼굴!
지금 내가
가장 보고 싶은 건
그거야.

그의 슬픔을 함께
슬퍼하고 그의 고통을
덜어주기 위해 많은 걸
베풀 거야…

치치치치

저렇게 웃다니
설마 귀신이라도
들린 건가?

탁!

그레이스
풀인가?

거기
누구죠?

빨리 누가 이런 짓을 했는지 찾아야 해요!

연기 냄새를 따라가니 로체스터 씨의 방이었어요.

페어팩스 부인을 부를까요?

깨워도 일어나지 않으시길래 불길을 잡기 위해 물을 부었고요.

아니, 그냥 ...만히 있어요. 여기 내 옷을 걸치고.

부인이 뭘 할 수 있겠소? 그냥 자게 두시오.

그럼 제가 레아를 데려올게요. 존과 그의 부인도요!

혹시 방문을 열었을 때 뭔가를 봤소?

아니요.

촛불만 바닥에 놓여 있었어요.

?

바로 그럴소. 그레이스 풀이었소.

그런데 이상한 웃음소리는 들었고? 내 생각엔 그 웃음을 전에 들어봤을 것 같은데.

맞아요. 그레이스 풀이 그렇게 웃었어요.

이제 방으로 돌아가시오. 난 서재 소파에서 좀 쉬어야겠소.

그럼, 안녕히 주무세요.

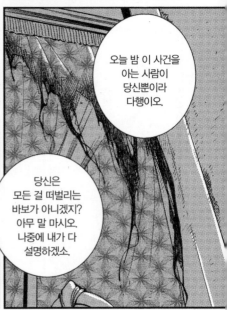

오늘 밤 이 사건을 아는 사람이 당신뿐이라 다행이오.

당신은 모든 걸 떠벌리는 바보가 아니겠지? 아무 말 마시오. 나중에 내가 다 설명하겠소.

오늘 몸이
안 좋아 보이네요.

얼굴이 붉고 열이
나는 것 같아요.

오, 전
괜찮아요.

쓱싹

쓱싹

여행이요?

그럼 열심히 먹는
모습을 보여줘요.

오늘 밤은 날이
좋네요. 로체스터 씨가
여행하시기에
괜찮겠어요.

로체스터 씨가
손필드를 떠나셨나요?

아침 식사를
마치고
출발하셨는걸요!
리스에 가셨죠.

블랑슈 양이
누군가요?

사람들이 모이는 파티가
있다고 하시더라고요. 블랑슈 양도
포함해서요. 한 1주일 넘게
지내다 오실 거예요.

128

부유한 신사들에게 인기가
많았을 것 같은데…

그러니까…
로체스터 씨 같은
분들이요.

잉그램 경의
딸이에요.
굉장한 미인이고요!

노래도 잘 부르고
피아노 연주도 훌륭해요.
재능이 대단하다고
알려져 있죠.

그렇게 아름답⋯
재능 있는 숙녀분⋯
왜 아직 결혼하
않으셨나요?

블랑슈 양에
대해서 조금 더
말해주세요.

그분은 굉장히
고귀한 느낌인 데다
머리칼이 검고
윤기가 흐르고…

그렇긴 하죠.
근데 둘은
나이 차이가 많이
나잖아요. 로체스터
씨는 거의 마흔인데
블랑슈 양은 겨우
스물다섯이니까요.

그게 어때서?
더 큰 차이가 나는
결혼도
매일 성사되잖아.

나 같은 바보는
이 세상에 없을 것이다!

나는 그저 가난한
가정교사일 뿐이다. 블랑슈 양은
모든 면에서 그와 어울리고…

내가 정말 그의 연인이 될 거라고
꿈꾸고 그를 기쁘게
해줄 수 있다고 생각했다니!
나의 어리석음에 화가 난다!

어떤 여자도
마음이 없는 사람에게
받아서 좋을 게 없다…

여자들이 비밀스러운 사랑을
키우는 건 미친 짓이다!
사랑받지 못한다면 스스로
파멸할 테니까.

상대방이 알아채고
반응을 보여도,
그 사랑은 탈출구도 없는
어두운 진창으로 향하겠지.

다음 날, 나는 그림을 두 장 그렸다.

한 장은 거친 분필로 그린 나 자신으로, 어떤 결점도 숨기지 않았다. 제목은 '외롭고, 가난하고, 평범한 가정교사의 초상'으로 지었다.

나머지 한 장은 블랑슈 양이었다. 멋진 수채물감을 써서 모든 면에서 빛나는 아름다움을 포착했다. 제목은 '재색을 겸비한 명문가의 숙녀, 블랑슈'였다.

흔들리지 말자! 감상에 빠지지 말자! 후회하지 말자!

앞으로 로체스터 씨가 나를 좋게 여기는 것 같을 때, 이 두 그림을 비교해보자고 생각했다. 이런 우아한 숙녀에 비하면 내가 보잘것없다는 사실을 기억해야 했다.

손필드의 모든 하인은
파티를 준비하느라 바빠졌고,
도와줄 인부들을 마을에서
추가로 고용하기도 했다.

이제 그가 없는 것에
점점 익숙해지던 즈음
편지가 도착했다.
3일 내로 돌아올 것이며,
대규모 파티를 열 거라는
내용이 담겨 있었다.

로체스터 씨는
2주 동안이나 자리를
비웠다. 나는 그가 더
천천히 오기를 바랐다.

아델의 공부는 건너뛰기로 했다.
페어팩스 부인이 나 역시 파티 준비를
도와야 한다고 했기 때문이다.

로체스터 씨가 돌아오는 날,
아델은 옷을 예쁘게 차려입고 함께
기다릴 수 있게 해달라고 애원했다

마차 소리가
들려요! 손님들이
오고 있어요!

블랑슈 양이
로체스터 씨와 함께
말을 타고 있네요!

어서 인사하러
가야겠어요.

저 사람이
바로 블랑슈
양이구나…

그렇지만 저분들 드레스가 보고 싶어요!

착하게 굴어야지, 아델…

아름다운 숙녀분들을 만나고 싶어요! 아래로 내려가도 돼요?

로체스터 씨가 부를 때까지 기다려야지. 안 그러면 화내실지도 몰라.

가게 해주세요!

반짝

반짝

저 가고 싶어요, 선생님!

ZZZ

저도 에어 양이 사람들과 어울리거나 파티를 즐기는 데 익숙하지 않을 거라고 말했는데요.

그랬더니 바로 이렇게 말씀하셨어요. "말도 안 돼! 만약 안 오겠다고 하면 내가 직접 데리러 갈 거야!"

그래선 안 되죠. 가고 싶진 않지만, 다른 방법이 없다면 갈게요.

단순히 예의상 말씀하신 것 같은데요. 전 안 가도 될 것 같네요.

아델이 숙녀분들을 너무 보고 싶어 한다고 로체스터 씨에게 알렸더니 저녁 식사 후에 두 분을 응접실로 초대한다고 하셨어요.

그런데 지금은
너무 멀리
떨어져 있었다!

하하

하하

그는 다른 사람들과 함께 앉아
있었고, 나는 그가 다가와 말을
걸기를 기대할 수도 없었다.

그래도 그를 바라보면서
나는 행복을 느꼈다.
모든 노력에도 불구하고
그를 사랑하고
있었으니까.

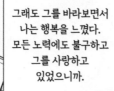

그는
일반적인 기준으로는
잘생기지 않았지만,
내겐 누구보다도
미남이었다. 내 마음을
그가 지배하고
있었기 때문이다.

'아름다움은
보는 사람의 눈에
달려 있다'라는 말은
진실이었다.

143

잘 지냈소?

그럼요.

내가 없는 동안
뭘 하며 지냈소?

왜 저쪽에서
내게 말을
걸지
않았소?

특별한 건
없었어요. 주로
아넬을 가르치며
지냈어요.

바쁘신데
방해하고 싶지
않았어요.

전보다 창백해 보이는데, 무슨 일이 있소?

날 익사시킬 뻔한 그날 밤에 감기라도 걸렸소?

전혀요.

아무것도 아니에요.

다시 돌아갑시다.

너무 일찍 자리를 뜨는 것 같소.

제가 좀 피곤해서요.

아니에요.

조금도 우울하지 않아요.

왠지 조금 우울해 보이는데. 무슨 일이지? 말해보시오.

이 책을 읽는
여러분에게
나는 로체스터 씨를
사랑하게 되었다고
말했다.

그가 다른 숙녀에게
관심이 생겼다고 해서
이제 와 사랑하지
않을 수는 없었다.

로체스터 씨도 그녀의 결점을
알고 있었다. 그녀가 아델에게
차갑게 대했기 때문이다.

가문을 위해서인지 혹은
다른 정략적 이유가 있는지
모르겠으나, 어쨌든 그들은
결혼할 것처럼 보였다.

블랑슈 양은 수준이 낮았고
화려했지만 진실하지 않았
부드럽지도 선하지도 않았

블랑슈 양이 그를 사로잡았다면
나는 내 마음을 포기하고
그녀를 인정했을 것이다. 그러나
그는 그녀를 사랑하지 않았다.

그래서 나 또한
내 마음을 외면하거나
절망할 필요가 없었다.

어느 날, 로체스터 씨가 업무상 자리를 비웠다. 그가 없는 동안 점을 본다는 늙은 집시 여인이 등장했다.

노파는 저택 안에 있는 모든 숙녀의 운세를 볼 때까지 떠나지 않겠다고 했다. 결국 다들 호기심이 커졌고, 블랑슈 양이 가장 먼저 운명을 점치러 갔다.

음, 블랑슈 양?

털썩

진짜 점쟁이 같아요?

어땠어요?

언니, 그 여자가 뭐래?

멍청하긴!! 어떻게 그분이 마차에 있겠니?

마차다! 아저씨가 오셨나 봐요!

타닥

타닥

떠나실 때 말을 타고 간 데다. 개도 함께 있었는데!

아델, 누가 너에게 그런 거짓 정보를 준 거니?

내 잘못이라고 생각하는 건가?

나를 좋아하지 않나 보네… 난 그저 가정교사일 뿐인데.

타닥

타닥

쫙

스르륵

저 사람은
잘생겼어.

그런데 뭔가
맥 빠지고
무기력한 분위기가
날 밀어내는 것
같아.

아직도
여기에 있어?

뭐야,
그 늙은 여자?

점쟁이가 그렇게
말했다니까!
우리에 대해서
다 알고 있어!

내 책이랑
장식품까지 모두
맞히더라니까!

내가 누굴
좋아하는지도
다 맞혔어!

에어 양?

모든 분을 다
만나기 전까진
떠나지 않을 거라고
하네요.

어쩌죠?

집사가 아직 만나지 못한
젊은 여성이 있다고 하던데요.
괜찮으시다면…

음,
그럼 갈게요.

음, 이쪽으로 오게.
운수를 듣고
싶은가?

CHAPTER 6

뭐가 궁금하지?

면전에서
그렇게 말하다니
꽤 무례하군.
그럴 줄 알았어.

편하게
말씀해주세요.
그런데 미리
말씀드리자면,

저는
점 같은 걸
믿지 않아요.

왜 창백해지지 않지?

아프진 않거든요.

왜 떨지 않지?

왜 점을 보지 않으려는 거지?

춥지 않은걸요.

병들었군. 게다가 어리석어.

허허. 당신은 춥고,

저는 어리석지 않아요.

그러지.

당신은 추워. 왜냐하면 혼자이기 때문이지.

의 불길을 켜줄 사람이 무도 없어.

증명해보세요.

메이슨!

서인도제도!

서인도제도에서 온 메이슨 씨라고 하던데요.

괜찮으세요?

메이슨!

서인도제도!

제가 도와드릴까요?

아, 당신과 단둘이 용한 섬에 있고 싶군. 치찮은 문제와 끔찍한 기억은 잊고 말이오.

충격적이군. 충격적이오, 제인!

충격에서 벗어난 그는 나에게 조용히 메이슨 씨를 데려오라고 했고…

제가 도움이 될까요? 그럴 수 있다면 제 목숨이라도 바치고 싶어요.

그에게 서재를 보여준 후 돌아가도 좋다고 했다.

그럴 일이 생 당신 도움을 ㅂ 약속하오

나는 그렇게 한 뒤에 방으로 돌아왔다. 로체스터 씨가 메이슨 씨에게 그가 머물 방을 소개하는 소리가 들렸다.

로체스터 씨는 유쾌하게 말했다. 명랑한 음색을 듣자 마음이 편안해졌다. 내가 그에게 작은 도움이라도 주었다고 생각하니 감사한 마음이 들었다.

피를 좀 봐도 괜찮겠소?

아마도요.

그럼 문을 열겠소.

1시간 후, 로체스터 씨가 내 방문을 두드리고

암모니아수와 약솜을 가지고 따라오라고 했다.

잠시만 기다리시오.

화!

화!

화!

화!

제인, 한두 시간 정도 신사를 당신에게 맡겨두고 떠나야겠소.

내가 바로 의사를 불러오겠네.

흥! 조금 긁혔을 뿐이야. 너무 걱정하지 말게!

그리고 절대 이 사람에게 말은 걸지 말고.

피가 나면 솜으로 지혈해주고, 혹시 필요하다면 물이나 암모니아수를 좀 챙겨주시오.

리처드, 저 여자분에게 말을 걸면 목숨이 위태로울 거야.

입 열고 소동만 부려봐. 그럼 어떤 결과가 나올지 나도 모르니까.

......

네.

집이 지하 감옥처럼 느껴질 때가 있지 않소, 제인?

저에겐 멋진 저택 같은데요.

당신은 '경험 부족'이라는 안경을 썼소. 실크 커튼이 거미줄일 뿐이라는 걸 알아채지 못하는군.

제인. 꽃을 갖고 싶소?

감사합니다.

오직 지금 여기, 달콤하고 순수한 모든 것만이 진짜요.

꽤 이상한 밤이었을 거요. 왠지 창백해 보이는군.

내가 당신과 메이슨만 두고 나갔을 때 무서웠소?

당신이 어렸을 때부터 제멋대로인 거친 소년이라 상상해보시오. 아니면 먼 외국에서 엄청난 실수를 저질렀다거나.

그런 상황이라면 단순한 장애물은 뛰어넘어도 괜찮을 것 같소?

내가 말하는 건 범죄는 아니오. 그래도 행동의 결과는 시간이 지날수록 견디기 어려워지지.

새로운 삶을 받아들이기 위해서라면?

그래서 비정상적이지만 불법은 아닌 조치를 강구하게 되오. 그래도 여전히 비참한 마음이 들 거요. 희망이 사라졌으니까.

그는 대답을 들으려고 잠시 멈췄다. 나는 뭐라고 말해야 했을까?

이제 당신은 방황하기 시작하오. 휴식과 쾌락에서 행복을 찾게 되지.

마음이 지치고 영혼이 쇠약해지자 당신은 방랑을 끝내고 집으로 돌아오는데, 그곳에서 당신을 더 좋은 사람으로 만들어주는 새 친구도 사귀게 되지.

죄인은 다른 사람에게
의존해서는 안 돼요.
잘못을 저질렀다면,
더 높은 존재에게 의지해서
치유할 힘을
얻어야 하죠.

죄를 지었지만 회개한
사람이 구원을 얻기
위해서, 세상 사람들의
통념에 도전해도
괜찮을까?

내 친구, 제인.
당신은 내가 블랑슈 양에게
주목하는 걸 눈치챘겠지?

내가
그녀와 결혼하면,
내게 새로운 삶이
열릴 것 같으오?

네,
그럴게요.

결혼하기 전날 밤,
나와 늦게까지
시간을 보내겠다고
약속해줄 수 있소?

게이츠헤드에 있는 리드 부인을 만나러 가려고요.

160킬로미터나 떨어진 곳이잖소! 리드 부인이 누구기에 그 먼 거리를 오라고 하는 거지?

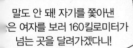

저희 삼촌의 미망인이에요.

말도 안 돼! 자기를 쫓아낸 은 여자를 보러 160킬로미터가 넘는 곳을 달려가겠다니!

절 친척이라고 여겨주는 사람은 아무도 없어요. 외삼촌이 돌아가시고, 저는 쫓겨났거든요.

뭐라고!? 당신은 친척이 없다고 하지 않았소?

도 그 요청을 무시해선 안 될 것 같아서요.

·일만 있다 오겠다고 ·속하시오.

얼마나 오래 머물 예정이오?

최대한 금방 올 거예요.

사람들은 헤어질 때 보통 어떻게 하오? 가르쳐주시오. 난 잘 모르겠소.

그럼 당신과 잠시 작별 인사를 해야겠군?

내일 떠나시오?

보통 '안녕'이라고 말하거나, 좋아하는 다른 말을 하죠.

뭔가 부족한 느낌인데. 악수를 한다면...

그걸로 충분해요...

아니, 그것도 만족스럽지 않아.

네, 아침 일찍 떠나요.

진심 어린 한마디로도 큰 호의를 전달할 수 있으니까요.

하지만 허무하고 냉정하게 느껴지는군. '안녕'이라니!

그럴 수도 있겠지.

186

며칠 후, 게이츠헤드

리드 부인은 왜 나를 불렀는지
기억하지 못할 정도로
의식이 혼미했다.

게이츠헤드의 물건은 모두
그대로였지만, 사람들은 알아볼 수
없을 정도로 변해 있었다.

부인은 정신이
괜찮아질 때까지
기다려달라고 했고,
내키지는 않았지만
그러겠다고 했다.

사촌인 일라이자와
조지아나는 어릴 때와
정말 많이 달라졌다.

CHAPTER 7

일라이자는 반나절 동안
바느질을 하거나,
책을 읽거나, 글을 썼다.
혼자 있길 좋아하고,
규칙적인 일상을
방해받고 싶어 하지
않는다는 느낌이 들었다.

조지아나는 종일 떠들었다.
그러나 어머니의 병과 오빠의 죽음에
대해서는 언급하지 않았으며,
즐거웠던 과거와 지루한 현재에
관해서만 말했다.

둘 다 감정이 결여된 채 망가져
있었다. 한 명은 견딜 수 없을
정도로 톡 쏘고, 다른 한 명은
아예 아무 맛도 나지 않았다.

자매에게는 어머니의 건강에
무관심한 것 빼고는
어떤 공통점도 없었다.
그들은 '모든 것이 끝나기'만을
간절히 바라고 있었다.

내 간청에도 불구하고 그 여자가 죽자 아기가 우리 집으로 왔어. 보자마자 마음에 들지 않더지.

나는 그 애 엄마가 싫었어.

남편은 자기 친자식들보다 아이를 더 열심히 돌보더라고! ...기 1시간 전에는 아이를 잘 ...겨달라는 서약으로 내 인생을 가둬버렸고.

그 여잔 남편의 동생이고, 남편이 가장 좋아하는 사람이었지.

어? 너… 너는…

그 거지 같은 아이를 하루빨리 내보내야 했는데!

쉿… 지금 너무 흥분하신 것 같아요. 과거는 지나갔잖아요, 외숙모.

죽기 전에 정신을 차려야지. 내 화장대에 가서 편지를 꺼내 오거라. 바로 보일 거야.

외숙모! 저를 알아보시겠어요?

제 조카인 제인 에어의 주소와 함께
그 아이가 지내는 상황을 알려주시겠어요?

편지를 보내고 난 후 그 아이를 마데이라로
데려오려고 합니다. 신이 열심히 일한
제 노력을 축복해주셨네요. 저는 미혼인 데다
자녀가 없기 때문에 제인을 입양해서
죽을 때 그 아이에게 유산을 모두 넘기고 싶어요.

마데이라에서
존 에어

무려 3년 전에 온
편지인데,
왜 전 전혀
알지 못했죠?

나는 네 삼촌에게
네가 로우드에서
티푸스로 죽었다고
답장을 보냈어.

왜냐하면 네가
너무 싫었으니까.
네 재산이 늘어나는 데
도움을 주고 싶지
않았지.

넌 내게 고통을 주려고
태어난 것 같아.
넌 정말 이해할 수 없을 만큼
못됐었지.

네가 나에게 했던
행동들을 잊을 수 없다,
제인. 그래서 네게
복수한 거야.

이제 외숙모와 진심으로 화해하고 싶어요.

제 성품은 외숙모가 생각하는 만큼 그렇게 나쁘지 않아요.

만약 절 품어주셨다면 전 외숙모를 사랑하며 기뻐했을 거예요.

바로 그날 밤, 리드 부인은 세상을 떠났다. 눈물을 흘리지 않을 수 없었다.

로체스터 씨는 내게
1주일의 말미를 주었지만,
게이츠헤드를 떠나오기까지
한 달이 흘렀다.

일라이자와 조지아나는
장례식이 끝나자
게이츠헤드를 떠났다.

일라이자는 그가 원했던
프랑스에 있는 수녀원에
수녀가 되었다.

조지아나는 그녀에게
어울리다고 할 만한,
부유하고 진부한 타입의
남자와 결혼했다.

나는 사람들이
집으로 돌아올
어떻게 느끼는지
모른다. 경험한 적
없기 때문이다.

그러나 손필드로
돌아가는 건 달랐다. 나는
아델과 페어팩스 부인을
그리워하고 있었다.

그리고…

193

페어팩스 부인의
편지에 따르면,
로체스터 씨는 3주 전에
런던으로 떠났다고 했다.

아마도 블랑슈 양과의
결혼을 준비하기 위해
갔을 거라는 내용이었다.

나는 손필드로
돌아가고 있었다.
그러나 그곳에서 얼마나
오래 머물 수 있을까?

그가 나를 바라봐주든 말든,
얼마나 그 시간이
오래 지속되든, 우선
그를 다시 볼 수 있다는
사실 자체만으로 기뻤다.

손필드로 돌아온 후 고요한 2주일이
흘렀다. 로체스터 씨의 결혼에 관한
이야기는 들리지 않았다.

로체스터 씨가 결혼한 뒤에도
가 내뿜는 빛 속에 남아 있기를
반쯤 바라게 되었다.

그런 일은 없을 거예요!

아, 제가 손필드에 오지 않았다면 좋았을 텐데!

우리 사이에 바다와 육지가 가로놓이면 우리 우정도 끊어질까 두렵소.

내 안에선 피가 흐를 것이오.

아마 당신은 나를 잊겠지만.

왜 떠나려는 거지?

블랑슈 양이 있으니까요. 그녀가 신부라면 저는 떠나야죠.

떠나는 게 아쉬워서 그렇소?

여길 사랑했기 때문에 그래. 저는 충만하고 행복한 삶을 살았어요. 그리고 로체스터 당신을 알게 되었고요.

영원히 헤어져야 한다고 생각하니 고통과 괴로움이 몰려와요.

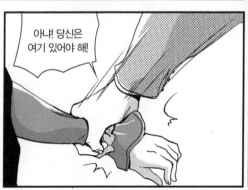

아냐! 당신은 여기 있어야 해!

어디로, 제인?

아일랜드로?

그렇지만 안 돼요. 당신은 결혼할 사람이니까요. 절 보내주세요!

네, 아일랜드로요. 제 마음은 모두 말했으니, 이제 어디든 갈 수 있어요.

나는 독립적이고 자유로운 인간이니까요. 제 의지로 당신을 떠날 거예요.

나는 당신에게 내 곁에서 평생 함께해달라고 청하는 것이오. 내 분신이 되어달라고.

그리고 최고의 동반자가 되어달라고.

당신의 의지가 당신의 운명을 결정하겠지. 나 또한 이제 내 손과 마음과 모든 재산을 당신께 바치겠소.

놀리시는 거죠.

다음 날 잠에서 깨고 나니 모든 게 꿈인 것 같았다.

어제의 일이 진짜라고 확실할 수 없던 차에 눈앞에 로체스터 씨가 보이고, 그가 새로운 사랑의 말을 들려주자 실감이 났다.

그리고 곧 과수원 구석에 있는 밤나무가 간밤에 벼락을 맞아 반으로 갈라졌다는 것을 알게 되었다.

게다가 페어팩스 부인이 로체스터 씨와 내가 집으로 돌아와 키스를 나누는 것을 보았다고 했다...

나는 부인이 그것을 낯 뜨거운 사건 정도로 생각하는 건 싫었다...

정말 상상도 못 했네요. 그분은 정말 자존심이 강하거든요!

그리고 제가 받아줬고요.

저, 그게... 맞아요. 그러셨어요.

아!

정말 깜짝 놀랐지 뭐예요 로체스터 씨 당신에게 프러포즈했다 사실인가요

그럼 전 당신의 제인 에어가 될 수 없어요.

내 눈에는 미인인데. 세상 사람들도 이 미인을 알아보도록 만들어야지.

나의 제인에게 레이스 달린 비단 드레스를 입히고, 머리는 값비싼 베일과 장미로 장식할 거요.

당신의 사랑은 반년도 안 되어 사라질 거예요. 힘들지만 친구이자 동반자로서, 제가 당신이 아주 싫어하는 사람만 되지 않으면 좋겠어요.

당분간은 지금과 같겠지만 당신은 곧 차갑고 변덕스러워질 거예요. 그럼 제가 당신 비위를 맞추려고 법석을 떨겠죠.

당신은 날 위로해주는 천사요.

결혼식은 조용히 치를 거요. 그렇지만 결혼하고 나면 유럽의 모든 도시를 함께 여행하자고.

저는 천사가 아니에요. 저 자신일 뿐이라고요.

싫어한다고? 사랑하오. 진심이오. 이 뜨거운 마음은 변하지 않을 거요!!

은 왜 내게 당신이
수 양과 결혼할 것
같다고
하려고 했나요?

궁금한 게 뭐요?
어서 말해봐요!

아, 드디어
무례해지는군요!
저는 아첨하는
것보다 조금 무례한
편이 좋거든요.

천사보다는
'이봐'라고 불리는
게 낫고요.

그런 식으로 행동하는 건
상대에게 엄청난 망신이자
수치예요.

그게 전부요?
이 정도라니.
하느님,
감사합니다!

그 목적을 위해선
질투를 유발하는
게 가장 나을 것
같았거든.

내가 그런 것처럼,
당신도 나를 미치도록
사랑하게 만들고 싶었지.
그래서 블랑슈 양에게
구애하는 것처럼
가장했소.

랑슈 양의 감정은 전혀
고려하지 않은 건가요?

그녀에겐 한 가지 감정,
자만심밖에 없소.

내가
ᆞ했다고 생각하자
ᆞᆯ꽃이 한순간에
꺼져버렸잖소.

그는 미소를 지었고,
나는 그것이 노예에게
금과 보석을 하사한
술탄의 미소 같다고 생각했다.

나는 영국판 셀린 바랭이
되고 싶지 않다. 절대 음석받이
여주인의 삶을 살지 않을 것이다.

아델의
가정교사 일
계속 이어갔

식비와 숙박비를
직접 벌었고, 옷장을
월급으로 채워나갔다.

내가 냉정하게 거리를 두는 모습에
그가 화를 내더라도 우리의 결혼이
확정되기 전에 내 모난 성격을
보여주기로 했다.

종종 그를 놀리기보다는
기분을 맞춰주고 싶었지만,
그래도 그의 달콤한 말에
무너지지 않도록 노력했다.

한 달의
구혼 기간이 끝나고,
우리의 결혼식은
이틀 앞으로 다가왔다.

짹짹!
짹짹!

아…
정말 끔찍한
악몽이었어…

이들이 합법적으로
결혼할 수 없는 이유를
아는 사람이 있다면,
지금 바로 고백하십시오.

장애물이 있다면
여기 두 사람은 하느님에 의해
맺어질 수 없고,
결혼도 불법입니다.

이 결혼은 무효입니다! 장애물이 있음을 선언합니다!

목사님, 계속해주시죠.

로체스터 씨는 이미 아내가 있습니다!

저는 런던에서 변호사로 일하는 브리그스입니다.

당신에게 아내가 있다는 걸 증명하는 문서가 있습니다.

누군데 내게 아내가 있다고 하는 거요?

자메이카 스패니시 타운의 버사 앙투아네트 메이슨이죠. 저는 그들의 결혼 기록 사본을 가지고 있습니다. 리처드 메이슨 서명."

"15년 전 10월 20일에 손필드의 에드워드 페어팩스 로체스터는 제 여동생과 결혼했습니다.

동생은 지금 손필드 저택에서 살고 있습니다.

지난 4월에 거기서 봤어요.

그게 진짜라면 제가 결혼했다는 증거가 되겠지만, 그 여자가 아직 살아 있다는 증명은 되지 않는 것 같은데요.

제가 그녀의 오빠 리처드입니다. 3개월 전에도 살아 있었다는 걸 증명할 수 있어요.

축하 인사는
저리 치워!

저기
두 분(
오신(

그녀가 여기에서
자네를 물어뜯고
찔렀으니까.

메이슨,
이 장소를
알겠지?

조금 심통이 나
있지만 날뛰진
않아요.

아니… 여긴
어쩐 일로
오셨어요?

풀 부인,
오늘 환자 상태는
어떻소?

조심하세요!
그쪽을
보고 있어요!

스르르르르~

두두두두두쉭!

에어 양,
당신은 결백하다는 게 밝혀졌소.
메이슨 씨가 마데이라로 돌아가
이 소식을 알리면 당신 삼촌이
기뻐하실 거요.

......

제 삼촌이요?

그분을
아세요?

메이슨 씨가 알고 있소.
에어 씨와 같은 곳에서
일하고 있으니.

에어 씨가 말하길
메이슨 씨가 당신의 임
결혼 상황에 관해
이야기했다고 했소.

당신 삼촌은 아파서
오지 못했지만,
그 대신 메이슨 씨를 보
이 사기 결혼을 멈추도
한 것이지.

삼촌의
건강에 대한 소식을
듣기 전까지 영국에서
머무르면 되겠군요.

아…

천천히…

네.

뭐요!?
날 피하는 거요?

버사 메이슨의
남편에게는 키스하지
않겠다는 거요?

아델은
새 가정교사가
필요해요.

나를 저열한 난봉꾼으로
여기는군. 순수한 사랑인 것
당신을 유혹하고, 자존심
명예를 빼앗았다고.

나를 완전히 모르는
사람처럼 대하면서
아델의 가정교사로만
살 생각인가?

그건
견딜 수 없

아, 아델은 학교에 갈 거요.
벌써 정해두었지.
당신도 나도 여기에
더는 머무를 수 없겠군.
당신을 손필드에
데려온 것 자체가
잘못이었소.

당신은 지금
날 오해하고 있소!

미친 사람이
당신이었다면,
나는 당신을 미워하지
않고 부드럽게
돌봐주었을 거요.

펀딘의 영지에
우리가 함께 살 수 있
오래된 저택이 있소

손필드는 폐쇄하고,
풀 부인에게 1년에 2백
파운드를 주면서 내 아내와
살라고 하겠소.

그 여자한테 너무
가혹해요. 너무 잔인하
그 여자가 미치고 싶어
미친 게 아니잖아요

235

메이슨 양이 블랑슈 양처럼 키가 크고, 피부가 검고, 당당한 성격을 가진 유명한 미인이라는 이야기를 들었소.

나는 황홀했소. 모두가 그녀를 흠모하고 나를 부러워하는 것 같았소. 그리고 어쩌다가 결혼을 했소.

아버지는 재산을 나누기 싫어했지만 아들이 가난뱅이가 되는 것도 견딜 수 없었지. 그래서 나는 부잣집과 결혼해야만 했소.

아버지는 자메이카의 메이슨 씨가 딸에게 3만 파운드의 재산을 줄 거라는 사실을 알아냈소. 그래서 내가 대학을 졸업하자마자 자메이카로 보냈지.

이제 충분히 부유한데도 그녀의 끔찍한 성격이 나의 일부처럼 여겨졌고, 그녀를 내 삶에서 없애버릴 수 없어서 마음은 가난하기만 했지.

결혼한 지 4년 뒤, 아버지와 형이 돌아가셨소.

신혼여행이 끝나자마자 실수했던 것을 알게 되었지. 돌아가신 줄 알았던 장 미쳐 있었고, 그녀의 남동생은 말할 줄도 모르는 백치였소.

아버지는 수치심에 내 결혼 소식을 알리지 않으셨지.

아무도 그녀의 존재를 찾지 않았고 나는 자유로워질 수 있었소.

의사들은 아내가 미쳤다고 했소. 절망의 언저리에 갔을 때 희망이 찾아왔지.

나는 영국으로 돌아와 아내를 손필드에 가두기로 했소.

아내는 나와는 취향이 완전히 다른 데다, 저열하고 폭력적이었소. 점점 나빠져 절제할 줄도 모르고, 상스러웠소.

내 깊은 사랑과 미칠 듯한 슬픔이 당신에겐 아무것도 아니란 말이오?

네.

제인의 사랑만이 최고의 보답인데. 그게 없다면 내 마음은 산산이 부서질 거요!

잘 지내요.

하느님이 당신을 해악과 잘못으로부터 지켜주시고, 제게 베푼 친절에 보답해주실 거예요.

그날 밤 혼자 있을 때,
저 멀리에서 "유혹으로부터
도망쳐라"라고 속삭이는
엄마의 목소리가 들렸다.

나는 얼마 되지 않는
짐을 챙겼다. 로체스터 씨가 준
진주 목걸이는 그대로 두었다.
이제 내 것이 아니니까.

그 선물은
더는 존재하지 않는
환상 속 신부의 것이니까.

어둠 속에서 불빛을 따라가니 깨끗하고 아담한 집이 보였다. 우아한 여성들이 앉아서 책을 읽고 있었다.

이와 대조적으로 내 처지가 더욱 비참하고 절망적으로 느껴졌다.

그 집 하인이 의심의 눈초리로 맞이했다. 비가 내리고 날이 추운데도 내게 들어오라고 권하지 않았다.

콩!

모든 사람은 죽지만 이렇게는 아니죠. 안으로 들어오세요.

이제 죽을 수밖에 없어. 하느님을 믿고 그분의 뜻을 받아들여야지!

나흘 전에 그곳에서 떠나야만 했어요…

이유는 설명할 수 없지만요.

무얼 할 수 있나요?

저는 로우드 학교에서 교육받았고, 지난 1년 동안 가정교사로 일했어요.

그래서 아주 궁핍한 모습으로 여기에 도착했네요.

이 집에 들어오기 전에, 지쳐서 거의 마지막 숨을 내쉬고 있었죠.

비난받을 짓을 하진 않았어요. 죄책감 느끼지 않고요. 다만 비밀리에 떠나야 했죠.

아주 간단한 짐만 챙겨서요. 그런데 여행 중 짐을 잃어버렸죠.

고마워요. 어서 일자리를 찾아볼게요…

여긴 평화로워요.

여기에서 지내도 돼요.

당신 이름이 저 엘리엇이라고 했나요?

그건 제 진짜 이름이 아니에요.

모든 걸 밝히는 게 두려워서 그랬어요.

한 달 후

이 집은 무어 하우스라고 불렸다.
이곳 사람들은 알수록 더 좋아졌다.

일자리를 하나 찾았는데 당신이 받아들일지 모르겠군요.

다이애나와 메리, 그리고 나 사이에 친밀감이 생겼다. 우리는 책과 예술, 그리고 취미를 즐겼다.

기쁘게 받아들일게요.

투자를 잘못하는 바람에 몇 년 전 가족의 재산이 줄어들었고, 둘은 멀리서 가정교사로 일했다고 한다. 그들의 아버지가 얼마 전 돌아가셔서 장례식을 위해 집에 모였다. 이 집은 곧 닫을 계획이었다.

리버스 씨,
안녕하세요.
어쩐 일이세요?
여동생들이 당신에게 선물을 남기고 갔더군요.
아마도 그림 도구가 들어 있는 것 같아요.
예상보다 일이 힘들었나요?
오, 아니에요! 시간이 지나면 학생들과 잘 지낼 수 있을 것 같아
그럼 숙소가 마음에 들지 않나 보군요? 저 작은 집은 너무 어둡고 휑하긴 하죠.
아직 평온함을 즐길 시간도 없고, 고독을 느낄 틈은 더욱 없어요.
다행이군요. 당신의 과거는 알 수 없지만, 뒤를 돌아보게 하는 유혹을 이겨내라고 조언하고 싶어요. 현재의 일에 충실해보세요.
그럴 생각이에요.

...시다니
...뻐요!

집은 마음에 드세요?
잘 꾸며져 있던가요?

올리버 양이 학교에
자금을 댄 상속녀구나.

부와 미모
모두 타고났네!

네, 아주 좋아요.
감사합니다.

아버님을
뵙기엔 너무 늦은
것 같군요.

아버지께서 리버스 씨가 우리를 보러 오지
않는다고 하시던데요.

오늘 밤에 저와
함께 아버지를
뵙지 않을래요?

당신은
고집이 너무
세요!

올리버 양 앞에 있으니
어색하고 다른 사람 같아.
그녀를 좋아하는 게
틀림없어!

우와! 이 그림 직접 그린 거예요?

그림이 정말 멋진데요!

혹시 제 초상화도 그려줄 수 있어요?

영광이죠.

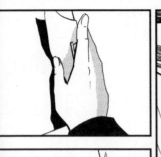

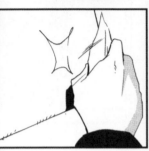

……

수개월이 지났다.
감사하게도 새로운 삶에
금방 정착했고, 마을에서
존경받는 일원이 되었다.
그런데 어느 날 로체스터 씨가
나오는 이상한 꿈을 꾸자
마음이 불안해졌다.

내가 고집이 세고 설득하기 어려운 사람이라고 하지 않았나요?

저도 마찬가지예요.

그 대답은 만족스럽지 않은데요!

이건 분명히 이상한 상황이에요. 전 더 알아야겠어요.

어머니 이름이 '에어'였죠. 어머니한테는 남자 형제가 2명 있죠.

그중 한 명은 게이츠헤드의 제인 리드와 결혼한 성직자였고,

어쨌든 저 이름이 당신 이름이 맞죠? 내 중간 이름도 '에어'예요.

말도 안 돼!

알겠어요 내가 졌어

외삼촌과 우리 아버지 사이에 말다툼이 있어서 우리는 상속에서 제외되었고, 고아가 된 성직자의 딸에게 재산이 넘어간 거죠.

그런데 그 상속녀가 사라졌고… 나머지 이야기는 당신이 잘 알겠죠.

다른 한 분은 존 에어인데 마데이라에서 상인으로 일했 외삼촌의 변호사였던 브리그스 씨가 지난 8월여 그가 죽었다고 알려주었어

무슨 소리예요! 유산이 있으면 당신도 영국에 머무르면서 올리버 양과 결혼할 수 있잖아요?

여기 앉아요 물을 한 잔 가져다줄게요

일단 제발 진정해봐요.

지금 정신이 없군요. 내가 너무 갑작스럽게 소식을 전한 게 아닌지.

너무 충동적으로 들리네요. 그 정도 재산이 당신에게 어떤 사회적 지위나 가능성을 가져다줄지 모르는 것 같군요.

2만 파운드를 삼촌의 조카 넷이 골고루 나누면,

각각 5천 파운드씩 갖겠죠. 우리 모두 독립적으로 살 수 있어요!

저 아무 않아

당신도 제가 얼마나 형제와 자매간의 우애를 갈망했는지 몰라서 그래요.

전 진짜 가족을 가져본 적이 없어요. 이제는 저도 가족이 필요해요!

가족 간의 유대를 원한다면 결혼하면 되잖아요.

나는 새로운 교사를 구하기 전까지 학교에서 자리를 지켰다. 학생들은 놀랍게 성장했고 그들의 진실한 애정을 받으며 감사를 느꼈다.

다이애나와 메리는 무어 하우스로 돌아왔다. 힘들고 단조로운 일에서 벗어나 기운을 내기 시작했다. 우리는 온종일 함께했다.

세인트 존은 내가 처음에 파악한 대로 차갑고 냉정한 감정에 휘둘리지 않았다.

올리버 양이 다른 남자와 약혼한 사실을 알고 나서도 그는 차분했다. 선교사가 되겠다는 그의 열망이 다른 모든 감정을 억누른 것 같았다.

그의 거대한 야망은 우리의 작고 조용한 영역을 훌쩍 뛰어넘었다. 정치가나 정복자가 되는 게 적절해 보일 정도였다.

그는 선교사 일을
준비할 겸 힌디어를
공부하기 시작했고,
내게도 그 언어를
공부하게 했다.

내키진 않았지만 그의
호의를 얻기 위해 동의했고,
그가 여동생처럼
대해주는 것도 마음에 들었다.

그를 기쁘게
해주고 싶었다.
그러나 그러려면
나의 절반은
버려야만 했다.

그의 신념이 가진 힘은
내 정신적 자유를
빼앗아갔다.

로체스터 씨는 늘 내 곁에 있었다.
그가 어떻게 지내는지 알고 싶은 마음이
항상 따라다녔다. 그가 영국을 영영
떠났을까 봐 걱정되기도 했다.

유산과 관련해 브리그스 씨에게
편지를 쓰면서 그에 대해서도
물어보았다. 브리그스 씨가
아무것도 모른다고 하여
페어팩스 부인에게도 편지를
썼지만 답장은 오지 않았다.

당신은 사랑이 아니라 신의 일을 하도록 태어난 사람이에요.

이해해줘요, 세인트 존. 저는 그 일에 맞는 사람이 아니에요.

이나 당신 본성으로
 당신은 선교사의
 될 사람이라고요.

나를 위해서가 아니라, 신에게 봉사하기 위해

이 선교사의 아내가
야 한다고 생각해요!

...에 결혼하는
...유라니, 참
...정하네...

당신에겐 내가 찾던
모든 자질이 보였죠.
당신은 온순하고,
충직하고, 근면해요.

우리가 처음
만났을 때부터
나는 당신을
주목해왔어요.

자신에 대한
불신을 버려요. 당신은
아주 유용한 도움이
될 거예요.

인도의 태양 아래에서는
...삶이 오래 이어질 것 같지 않아.
만약 거기 간다면
일찍 죽고 말 거야...

과연
영혼이 깃들지 않은 결혼을
내가 견딜 수 있을까?

그는 절대 나를
사랑하지 않을 거고,
차갑고 냉정한 방식으로만
나를 인정해주겠지.

남매 관계를 유지하도록 해요. 우린 결혼하지 않는 게 나을 것 같아요.

자유로운 신분으로 갈 수 있다면 기꺼이 인도에 갈게요.

그럼 저 말고 다른 아내를 찾으세요.

제인, 당신이 적임자예요.

이런 경우엔 친척 관계로 충분하지 않아요.

단순히 결혼할 상대를 찾는 게 아니에요. 소명에 관한 얘기라고요.

외 그럼 제 마음을 직접 신께 바칠게요.

당신은 이런 마음을 원하지 않으니까요.

우리가 결혼으로 결합하지 않는다면 이 일은 불가능해요.

우리가 바라고 생각했던 대로네요!

오빠가 제인에게 청혼했다고요?

오빠와 결혼할 거죠? 그럼 오빠도 영국에 계속 머물고요!

미쳤어!

오빠가 청혼한 건 인도에서 함께 일할 동료를 구하려는 마음에서였어요.

아니요.

청혼을 받아들였나요?

제인은 거기에서 3개월도 버티지 못할 거예요. 장담해요!

거절했어요. 오빠는 저를 절대 용서하지 않을 거예요.

두렵지만 그렇다고 해서 절 사랑하지도 않는 남자와 결혼할 수는 없죠.

그런 사람에게
묶여 산다는 건
이상하지 않나요?

저를 한낱
유용한 도구로만
생각하는
남자에게요…

오빠가 제인을
사랑하지 않는다고
생각한 이유는
뭐예요?

본인이 아니라
사명을 위해서 결혼하는
거라고 계속 설명했어요.

저도 알아요.

선하고 위대한
사람이죠.

그럼요!
더 말할 가치도 없죠!

하지만…
오빠는 정말
좋은 사람인데.

그래도…

쉿!
오빠가
돌아왔어!

그런데 큰 목적을
추구하느라 주변 사람들의
감정은 까맣게
잊어버려요.

심지어 제가
사랑한다고 말해도
그런 건 쓸데없다고
탓할 거예요.

주님이 당신에게
영원히 빼앗기지 않을
좋은 삶을 선택할
힘을 주실 거예요.

갑자기 다툼을
그만두고 싶다는
충동이 들었다.
하지만 그렇게 하면
내 존재를 잃어버릴지
몰랐다.

이제 결정할 수
있겠어요?

나는 존경심이 들었다.
책임져야 할 영혼을
지켜보는 수호천사의
표정이었다.

그의 분노에는
항할 수 있었지만,
부드럽게 대해주니
견디기 힘들었다.

신의 뜻이라는 걸
확신할 수
있다면…

지금 당장
결혼하겠다고
서약할 수 있어요.
나중에 무슨 일이
닥치든 말이에요!

284

그 목소리는 잠들어 있던 내 영감을
깨워주었다. 나를 부르던
목소리의 주인공이 어떤 운명에 처했는지
알기 전까지는 인도에 갈 수 없었다.

편지는 아무
소용이 없었다.
그래서 나는 직접 가서
물어보기로 했다.

은은한 기쁨에 떨며 손필드의
웅장한 외관을 바라보았다.
그러나 내 눈에 들어온 것은
새카만 폐허와
죽음과도 같은 침묵뿐이었다.
답장이 없는 게 당연해 보였다.

시커먼 돌이 이곳에서 무슨 일이
일어났는지 말해주고 있었다.
화재였다. 어쩌다 불이 났는지
마을 사람들에게 물어보았다.

로체스터 씨는 내가 떠난 후
우울감과 싸우며 내 소식을
듣기 위해 애썼다고 한다.

그는 낙담했고 사나워졌다.
아델은 기숙학교에,
페어팩스 부인은 다른 저택으로
보낸 뒤, 손필드에 자신을
가두어버렸다.

10개월 전, 미쳐버린 그의 아내가 방을 탈출해서 내가 쓰던 침대에 불을 질렀다.

불길이 거세지자 그녀는 지붕 위로 올라가 소리를 지르며 팔을 흔들었다.

로체스터 씨는 위층에 있는 하인들을 깨워 아래로 내려갈 수 있게 도와주었고,

아내를 구하려고 다시 올라갔다.

로체스터 씨가 가까이 다가가자 그녀는 고함을 치며 펄쩍 뛰어올랐고 곧장 길바닥으로 떨어졌다.

죽어서
길가 도랑에
누워 있는 게
아니고?

진짜요?
정말 당신이라고?
살아 있는 제인이
맞소?

!선 사람들 틈에서
고 있는 것도 아니고?

아니에요!
!제 독립하게
되었어요.

마데이라에 있는
삼촌이
돌아가시면서,

제게 5천 파운드를
남기셨거든요.

여기 보이시오?

당신이 떠난 날부터 당신이 두고 간 진주 목걸이를

분신처럼 차고 있었소.

이제 제가 당신 곁에 있을래요. 그렇게 말씀드렸잖아요.

저는 결혼에 관심 없어요!

내 간호사가 될 필요는 없소, 제인. 당신은 젊으니까.

관심을 가져야지.

언젠가 결혼도 해야겠지.

무일푼이 된 내 사랑이
어떤 일을 겪었을지
생각하면 두려웠소.

그래서
어떻게 지냈소?
한번 들어봅시다.

그는 여전히 나를 아껴주었다.
그저 그의 장애 때문에
주저할 뿐이었다. 그렇지만
그런 것쯤은 금방 극복할 수
있을 거라고 생각했다!

그가 재촉하자
나는 우리가 헤어진 이후
겪은 일을 말했다.

세인트 존이라는
남자에 대해 자주
말하는군. 그를
좋아하오?

무척 좋은 분이에요.

누구라도 좋아하지 않을 수 없죠.

중년의 나이인가? 좀 따분하다든가?

이제 겨우 스물아홉이고, 교양 있는 분인데요?

히히

이런 빌어먹을!

혹시 본성이 훌륭하다기보단 나쁜 짓을 하지 않아서 착한 쪽인가?

무척 활동적인 사람이에요. 고귀한 사명을 수행하는 게 목표죠.

외모는? 좀스럽거 옷을 잘 못 입

아뇨, 옷도 잘 입고 키도 큰데요.

독자 여러분, 나는 결국
로체스터 씨와 결혼했다.
조용한 결혼식이었다. 신랑과 신부
그리고 목사와 서기만 참석했다.

나는 다시 아델의 교사가 되고 싶었다.
그렇지만 이제 내 시간과 보살핌이
필요한 다른 사람이 있었다.
그래서 아델이 언제든 우리를
보러 올 수 있을 만큼 가까운 학교를 찾았다.

아델은 자라면서 좋은
영국식 교육을 받았고, 프랑스적
결점을 상당 부분 고쳐나가면서
유쾌하고 따뜻한 성품을 가진
예의 바른 아이로 자랐다.

세인트 존이 내 결혼 소식을
어떻게 받아들였는지는
모르겠다. 그는 내 편지에
답장하지 않았다.

다이애나와 메리는
내 결혼을 아낌없이
지지해주었다. 둘은
최대한 빨리 나를 만나러
오겠다고 약속했다.

그들도 좋은 사람과
결혼했고, 그 후 우리는
매년 번갈아 서로의 집을
방문했다.

6개월 후, 그는 로체스터 씨나
내 결혼에 대해서는 일절
언급하지 않고 편지를 보내왔다.
그 후로 우리는 어쩌다
한 번씩 편지를 주고받았다.

인도

세인트 존은 인도로 떠났다.
그 사람보다 더
강인한 개척자는
찾아보기 힘들 것이다.

그는 결혼하지 않았고 앞으로
하지 않을 것이다. 위대한 사명
위해 자신을 희생할 뿐이었다
그의 찬란한 태양은 벌써
저물어가려 했다.

그러나 죽음에 대한
공포 때문에 그의 마지막 시간이
어두워지지는 않을 것이다.
그의 마음은 구름 한 점 없이
맑고 그의 믿음은 견고할
것이다. "내가 진실로 속히
오리라" 말씀하신 하느님 앞에
"아멘. 주 예수여, 어서
오시옵소서!"라고 외치면서.

캐릭터 디자인 스케치

제인 에어

초판 1쇄 발행 2022년 8월 5일

지은이 샬럿 브론테 / **옮긴이** 김성은 / **각색** Crystal S. Chan / **그림** SunNeko Lee

펴낸이 조기흠
기획이사 이홍 / **책임편집** 최진 / **기획편집** 이수동, 이한결
마케팅 정재훈, 박태규, 김선영, 홍태형, 배태욱, 임은희 / **제작** 박성우, 김정우
교정교열 책과이음 / **디자인** 이슬기

펴낸곳 한빛비즈(주) / **주소** 서울시 서대문구 연희로2길 62 4층
전화 02-325-5506 / **팩스** 02-326-1566
등록 2008년 1월 14일 제 25100-2017-000062호

ISBN 979-11-5784-599-6 04800

이 책에 대한 의견이나 오탈자 및 잘못된 내용에 대한 수정 정보는 한빛비즈의 홈페이지나
이메일(hanbitbiz@hanbit.co.kr)로 알려주십시오. 잘못된 책은 구입하신 서점에서 교환해드립니다.
책값은 뒤표지에 표시되어 있습니다.

⌂ hanbitbiz.com f facebook.com/hanbitbiz N post.naver.com/hanbit_biz
▶ youtube.com/한빛비즈 ⊙ instagram.com/hanbitbiz

지금 하지 않으면 할 수 없는 일이 있습니다.
책으로 펴내고 싶은 아이디어나 원고를 메일(hanbitbiz@hanbit.co.kr)로 보내주세요.
한빛비즈는 여러분의 소중한 경험과 지식을 기다리고 있습니다.